_____에게

_____

_____ 마음을 담아

_____ 드림

나를 키우는 시 2

날개가 돋는 찰나

창비
청소년
시선
20

나를
키우는 시 2

날개가 돋는 찰나

손택수·김태현·한명숙 엮음

창비

차
례

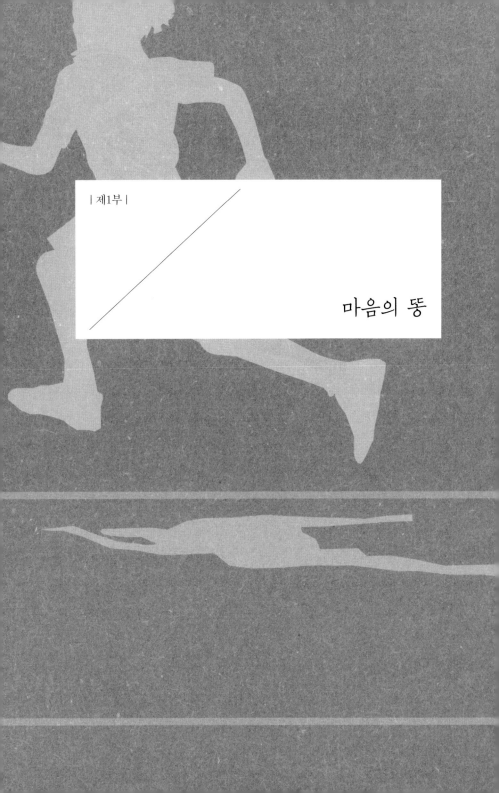

| 제1부 |

마음의 뚱

폭포

김금래

절벽에서
거꾸로 떨어져 봤니?

바닥을 치며
울어 봤니?

울면서
부서져 봤니?

부서지며
나비처럼 날아올라

무지개를
만들어 봤니?

채광

강성은

창문에 돌을 던졌는데
깨지지 않는다

생각날 때마다 던져도
깨지지 않는다

밤이면 더 아름다워지는 창문

환한 창문에 돌을 던져도
깨지지 않는다

어느 날엔 몸을 던졌는데
나만 피투성이가 되고
창문은 깨지지 않는다

투명한 창문
사람들이 모두 그 안에 있었다

다락방

이수익

혼자만의 공기를 쉼 없이 들이켤 수
있는, 마디마디 뼛속을 깨끗하게 비울 수
있는, 타인들을 멀리하고 오로지 자신만을 정면으로 바
라볼 수
있는

바로 그런 곳
그런 자리
그런 분위기
속으로

나를 눕히고 싶어.
아무도 쉽게 문을 열어 주지 않는
텅 빈 고요만이 물결치는 숨겨진 조그만 방,
그 다락방의 은밀한 초대에
가득히 누워

온전하게 나는

새로워지고 싶어.

떠오르는 비행기처럼 나는 훨훨 날아갈 거야.

그리고 다시는 돌아오지 않을 거야, 행복한 사탕을 오래
오래 빨면서,

머나먼 우주의 끝을 따라 날 거야.

다락방, 언제라도 나를 눕히고 싶은
환상의
그곳.

고교 1학년

곽재구

도서관에서
『하늘과 바람과 별과 시』
초판본을 훔쳤지*

밤새 경찰들이
내가 살던 판잣집을 포위하고
도적은 나와라
도적은 나와라
마이크로 부르는 악몽에 시달렸지

다음 날 아침
도서관 서가에 가만히 동주를 세워 두고
다음 날도
다음 날도
그 앞에 서서 보았네

보다가
보다가

당신만큼 쓸쓸하고 순정한 시를 쓰리라
혼자 다짐했네

* 내가 다닌 고등학교의 도서관은 개가식이었다. 어느 날 책꽂이 뒤에서
먼지와 쥐똥 범벅인 책 한 권을 보았다. 윤동주의 『하늘과 바람과 별과
시』 초판본이었다. 교복 안에 시집을 숨겨 도서관을 나오는데 천둥과
벼락이 함께 몰아치는 느낌이었다. 밤새 경찰에 쫓기는 꿈을 꾸다 다음
날 시집을 책꽂이 맨 아랫줄 모퉁이에 꽂아 두고 나오니 마음이 편안해
졌다. 그 뒤로 사흘 동안 시집이 제자리에 꽂혀 있는 걸 보았고 나흘 뒤
부터 시집은 보이지 않았다. 나와 동주의 짧은 인연이라 할 것이다.

길

김기림

나의 소년 시절은 은빛 바다가 엿보이는 그 긴 언덕길을 어머니의 상여와 함께 꼬부라져 돌아갔다.

내 첫사랑도 그 길 위에서 조약돌처럼 집었다가 조약돌처럼 잃어버렸다.

그래서 나는 푸른 하늘빛에 호져 때 없이 그 길을 넘어 강가로 내려갔다가도 노을에 함북 자줏빛으로 젖어서 돌아오곤 했다.

그 강가에는 봄이, 여름이, 가을이, 겨울이 나의 나이와 함께 여러 번 댕겨갔다. 까마귀도 날아가고 두루미도 떠나간 다음에는 누런 모래둔과 그리고 어두운 내 마음이 남아서 몸서리쳤다. 그런 날은 항용 감기를 만나서 돌아와 앓았다.

할아버지도 언제 난지를 모른다는 동구 밖 그 늙은 버드나무 밑에서 나는 지금도 돌아오지 않는 어머니, 돌아오지

않는 계집애, 돌아오지 않는 이야기가 돌아올 것만 같애
멍하니 기다려 본다. 그러면 어느새 어둠이 기어 와서 내
뺨의 얼룩을 씻어 준다.

마음의 똥

정호승

내 어릴 때 소나무 서 있는 들판에서
아버지 같은 눈사람 하나 외롭게 서 있으면
눈사람 옆에 살그머니 쪼그리고 앉아
한 무더기 똥을 누고 돌아와 곤히 잠들곤 했는데
그날 밤에는 꿈속에서도 유난히 함박눈이 많이 내려
내가 눈 똥이 다 함박눈이 되어 눈부셨는데
이제는 아무 데도 똥 눌 들판이 없어
아버지처럼 외롭고 다정한 눈사람 하나 없어
내 마음의 똥 한 무더기 누지 못하고
외롭고 쓸쓸하다

감꽃

김준태

어릴 적엔 떨어지는 감꽃을 셌지
전쟁통엔 죽은 병사들의 머리를 세고
지금은 엄지에 침 발라 돈을 세지
그런데 먼 훗날엔 무엇을 셀까 몰라.

이력서

오은

밥을 먹고 쓰는 것.
밥을 먹기 위해 쓰는 것.
한 줄씩 쓸 때마다 한숨 나는 것.

나는 잘났고
나는 둥글둥글하고
나는 예의 바르다는 사실을
최대한 은밀하게 말해야 한다. 오늘밤에는, 그리고

오늘 밤에도
내 자랑을 겸손하게 해야 한다.
혼자 추는 왈츠처럼, 시끄러운 팬터마임처럼

달콤한 혀로 속삭이듯
포장술을 스스로 익히는 시간.

다음 버전이 언제 업데이트될지는 나도 잘 모른다.
다 쓰고 나면 어김없이 허기.

아무리 먹어도 허깨비처럼 가벼워지는데

몇 줄의 거짓말처럼
내일 아침 문서가 열린다.

문서상 오늘의 나는 어제의 나다.

모래

임솔아

오늘은 내가 수두룩했다.
스팸 메일을 끝까지 읽었다.

난간 아래 악착같이 매달려 있는
물방울을 끝까지 지켜보았다.
떨어지라고 응원해 주었다.

내가 키우는 담쟁이에 몇 개의 잎이 있는지
처음으로 세어 보았다. 담쟁이를 따라 숫자가 뒤엉켰고
나는
속고 있는 것만 같았다.

술래는 숨은 아이를 궁금해하고
숨은 아이는 술래를 궁금해했지. 나는
궁금함을 잃고 있다.

깁스에 적어 주는 낙서들처럼
아픔은 문장에게 인기가 좋았다.

오늘은 세상에 없는 국가의 국기를 그렸다.
그걸 나만 그릴 수 있다는 게 자랑스러워서

벌거벗은 돼지 인형에게 양말을 벗어 신겼다.
돼지에 비해 나는 두 발이 부족했다.

빌딩 꼭대기에서 깜빡거리는 빨간 점을
마주 보면 눈을 깜빡이게 된다.
깜빡이고 있다는 걸 잊는 방법을 잊어버려
어쩔 줄 모르게 된다.

오늘은 내가 무수했다.
나를 모래처럼 수북하게 쌓아 두고 끝까지 세어 보았다.
혼자가 아니라는 말은 얼마나 오래 혼자였던 것일까.

축구 소년

함기석

소년의 주특기는 빠른 땅볼이다. 새를 기르던
소녀 앞에서 멋진 슛을 날리면 날릴수록
공은 늘 담장 위로 도망치며 소년을 배신했지만
소년의 꿈은 최고의 축구 선수가 되는 거다 그래서

소년은 무엇이든 차 버린다
소년은 책상을 찬다 책상은 발을 아파한다
소년은 국어책을 찬다 국어책은
교실 유리창을 깨고 겨드랑이에 떨어져 소년을 읽는다
소년은 시계를 찬다
시계는 손목에 떨어져 소년의 내일을 아파한다
하얗게 타들어 가던 겨울 하늘을 아파한다
불기둥 사이 예쁘게 발광하던 소녀를 아파한다
소년은 구두를 찬다 아니
구두가 소년을 차 버리고 소년을 가둔다

소년은 힘껏 가난을 차 버린다
가난은 골대에 정면으로 맞고 튀어나와

소년의 얼굴을 더 세게 때린다
코피를 닦으며 소년은 아빠를 차 버린다
아빠는 포물선을 그리며 술병 속으로 똑 떨어진다
술병은 아빠를 아파한다 소년은 새벽마다
아빠의 늑골 사이에서 울려 나오는 삽질 소릴 아파한다
술병 속으로 석탄을 실은 화물 열차가 연달아 들어가고
만취한 아빠는 비틀비틀 어두운 술병을 걸어 나온다

운동장은 한 장의 낡은 지폐, 허리가 찢겨 있다
소년은 울먹이며 허공으로 제 머리를 차올린다
머리는 살짝 구름에 걸려 떨어지지 않는다
구름 뒤로 흰 부리의 새 떼가 날아오르고
운동장으로 수천의 깃털들이 떨어진다

눈 내리는 겨울 저녁
머리 없는 소년이 운동장을 뛰어다닌다
목에 축구공을 붙이고 천막집으로 돌아가는
소년의 내부에 공의 내부보다 캄캄하게 휘어진

아빠의 금 간 어깨뼈가 달그락 흔들리고
소녀를 닮은 삼층집이 아파하며 커 오른다

밤새도록 눈이 차오르는 겨울 하늘 아래
펄럭이는 지붕 소릴 들으며 뒤척이는 소년
소년의 앙상한 등줄기를 밟고 캄캄한 머릿속으로
새들이 차례로 등불을 들고 걸어 들어간다
소년은 겨우 발가락 끝까지 환해지며 잠이 든다

사춘기
이홍섭

주머니란 주머니에서는 모두
하얀 종잇장들이 쏟아져 나왔다

아버지는 의식이 돌아왔지만
나는 수심 깊은 침묵에서 돌아오지 못했다

담배를 찾아내려던 담임 선생님은
주머니만 뒤집어 놓고 혀를 끌끌 차며 돌아섰다

그해 여름의 바다는 참으로 푸르렀지만
그해 여름의 바닷가는 죽은 조개껍질들로 가득했다

하얀 거품을 물고 망망대해를 떠도는 파도를 볼 때마다
그 많은 조개들의 혀와, 그 무서운 침묵의 종잇장들이
떠올랐다

나는 오래지 않아 시를 쓰기 시작했다

자두

이상국

나 고등학교 졸업하던 해 대학 보내 달라고 데모했다
먹을 줄 모르는 술에 취해
땅강아지처럼 진창에 나뒹굴기도 하고
사날씩 집에 안 들어오기도 했는데
아무도 알은척을 안 해서 밥을 굶기로 했다
방문을 걸어 잠그고 우물물만 퍼마시며 이삼일이 지났
는데도
아버지는 여전히 논으로 가고
어머니는 밭매러 가고
형들도 모르는 척
해가 지면
저희끼리 밥 먹고 불 끄고 자기만 했다
며칠이 지나고 이러다간 죽겠다 싶어
밤 되면 식구들이 잠든 걸 확인하고
몰래 울 밖 자두나무에 올라가 자두를 따 먹었다
동네가 다 나서도 서울 가긴 틀렸다는 걸 뻔히 알면서도
그렇게 낮엔 굶고 밤으로는 자두로 배를 채웠다
내 딴엔 세상에 나와 처음 벌인 사투였는데

어느 날 밤 어머니가 문을 두드리며
빈속에 그렇게 날것만 먹으면 탈 난다고
몰래 누룽지를 넣어 주던 날
나는 스스로 투쟁의 깃발을 내렸다
나 그때 성공했으면 뭐가 됐을까
자두야

옛날에 나는 나무에 스치는 바람 소리를 들었네

강연호

옛날에 나는 나무에 스치는 바람 소리를 들었네*
엄마를 기다리다 허기마저 지친 오후
방죽 너머 긴 머리채를 푸는 산그늘이 서러워질 때
언젠가 무작정 상경하고 싶었지만 갈 곳 몰라
이름 모를 역 광장에 입간판처럼 서 있을 때
어느새 조약돌만큼 자란 목젖이 싫어
겨울 다 가도록 목도리를 풀지 않고 상심할 때
쉽게 다치는 내성의 한 시절을 조용히 흔들며
가만가만 가지마다 둥지를 트는 속삭임
옛날에 나는 나무에 스치는 바람 소리를 들었네
내가 실연의 강가에서 하염없이 출렁거리는
작은 배 한 척으로 남아 쓸쓸해질 때
세상의 모든 그리운 것들은 도무지
누군가 저를 애타게 그리워하고 있는 줄 모른다며
알면서도 모른 척 무시한다며 야속해질 때
그래, 비밀 같은 바람 소리였네 숨죽여 들을수록
낮아져 하마 끊길 듯 이어지는 다독거림
옛날에 나는 나무에 스치는 바람 소리를 들었네

허나 운명은 언제나 텅 빈 복도를 울리며
뚜벅뚜벅 걸어와 벌컥 문을 열어젖히는 법이네
다짜고짜 따귀를 후려치고 멱살 낚아채
눈 가리고 어디론가 무작정 끌고 가는 것이네
내 어느 날 문득 더 자랄 수 없는 나이가 되었을 때
묵념처럼 세상은 함부로 권태로워지고
더 이상 간직할 슬픔 하나 없이 늙어 가는 동안
옛날에 나무에 스치며 나를 키우던 바람 소리
다시는 듣지 못했네 들을 수 없었네

* 영화「그린 카드(Green Card)」의 대사에서 인용함.

제2부

아버지와 돼지고기

기차표 운동화

안현미

원주 시민 회관서 은행원에게
시집가던 날 언니는
스무 해 정성스레 가꾸던 뒤란 꽃밭의
달리아처럼 눈이 부시게 고왔지요

서울로 돈 벌러 간 엄마 대신
초등학교 입학식 날 함께 갔던 언니는
시민 회관 창틀에 매달려 눈물을 떨구던 내게
가을 운동회 날 꼭 오마고 약속했지만
단풍이 흐드러지고 청군 백군 깃발이 휘날려도
끝내, 다녀가지 못하고
인편에 보내 준 기차표 운동화만
먼지를 뒤집어쓴 채 토닥토닥
집으로 돌아온 가을 운동회 날

언니 따라 시집가 버린
뒤란 꽃밭엔
금방 울음을 토할 것 같은

고추들만 빨갛게 익어 가고 있었지요

머나먼 곳 스와니 1
김명인

어머니 장사 떠나시고 다시 맡겨진 송천동
봄날은 골짜기마다 유난한 햇볕 밝게 내려서
날이 풀리면, 배고파지면 아이들 따라
바위틈에 숨은 게들 잡으러 개펄로 갔다

게들은 바위 모서리나 청태 낀 비탈에
제 몸 가득 흰 거품 부풀려 먼 수평선 바라보아도
해종일 바람 불고 파도 그치지 않아서
송천동 선뜻 발자국 지워지며 끝없던 모래 벌

어느새 그해 여름 지나고 막막한 가을도 가서
물결은 더욱 차갑게 출렁거리고 인적조차 끊어지면
송천동, 아득한 방죽 따라 구름 몰려와
눈 내려 또 한 해 겨울 돌아오던 곳

누구는 어느 집 양자 되고 다시 몇 명은
낯선 사람 따라서 바다 건너 떠나갔지만
모른다, 내게 와 부딪친 그리움도 부질없이

아직도 그 물결에 젖고 있을지
송천동 송천동 바람 불어 게들 바위틈에 숨던 곳

연

신미나

아버지는 고드름 칼이었다
찌르기도 전에 너무 쉽게 부러졌다
나는 날아다니는 꿈을 자주 꿨다

머리를 감고 논길로 나가면
볏짚 탄내가 났다
흙 속에 검은 비닐 조각이 묻혀 있었다

어디 먼 데로 가고 싶었으나 그러지 못했다

동생은 눈밭에 노란 오줌 구멍을 내고
젖은 발로 잠들었다
뒤꿈치가 홍시처럼 붉었다

자꾸만 잇몸에서 피가 났고
두 손을 모아 입 냄새를 맡곤 했다

왜 엄마는 화장을 하지 않고

도시로 간 언니들은 오지 않을까
가끔 뺨을 맞기도 했지만 울지 않았다

몸속 어딘가 실핏줄이 당겨지면
뒤꿈치가 조금 들릴 것만 같았다

어머니의 물감 상자

강우식

어머니는 시장에서 물감 장사를 하고 있었습니다. 그러나 어머니는 물감 장사를 한 것이 아닙니다. 세상의 온갖 색깔이 다 모여 있는 물감 상자를 앞에 놓고 진달래꽃빛 필요한 사람들에게는 진달래 꽃물을, 연초록 잎새들처럼 가슴에 싱그러운 그리움을 담고 싶은 이들에게는 초록 꽃물을, 시집갈 나이의 처녀들에게는 쪽두리 모양의 노란 국화 꽃물을 꿈을 나눠 주듯이 물감 봉지에 싸서 주었습니다. 눈빛처럼 흰 맑고 고운 마음씨도 곁들여 주었습니다. 어머니는 해종일 물감 장사를 하다 보면 콧물마저도 무지갯빛이 되는 많은 날들을 세상에서 제일 예쁜 색동저고리 입히는 마음으로 나를 키우기 위해 물감 장사를 하였습니다. 이제 어머니는 이 지상에 아니 계십니다. 물감 상자 속의 물감들이 놓아 주는 가장 아름다운 꽃길을 따라 저세상으로 가셨습니다. 나에게는 물감 상자 하나만 남겨 두고 떠났습니다. 내가 어른이 되었을 때 어머니가 그러했듯이 아이들에게 세상에서 가장 아름답고 고운 색깔들만 가슴에 물들이라고 물감 상자 하나만 남겨 두고 떠났습니다.

너 갈 데로 가거라

김규동

아들아이는
빈 책가방에 도시락만 달랑 넣고
집을 나섰습니다

그가 어디로 가는 걸까요
학교에 가도
수업 시간에 알아들을 수 있는 건 없고
한 시간이 천년 같다고 했어요
수학과 영어는
1학년 때부터
공부했어야 하는데
어느새 3학년
기초가 없으니 어느 과목도
다 모를 것뿐입니다
그래서
차라리 복도에 나가 벌을 서는 편이
마음 편하다 했지요
몰래 시간에 빠진 다음

뒷산에 올라가 낮잠을 자거나
거리를 여기저기 걸어 다녔어요
막노동하는 아버지는
이런 사정도 모르고
아이의 장래를 생각하며
일만 열심히 했어요
뒤늦게 이 일을 알게 된 아버지는
분통이 터져
당장 아이를 붙잡아
때려죽이려 했어요
그런데 이게 어찌된 일입니까
부들부들 떨리는 손으로
아이 어깨를 짚더니
조용히 이야기했어요
참으로 조용히 말했어요
용식아, 알았다
그렇구나, 너 갈 데로 가거라
너 하고 싶은 것을 마음껏 하거라

이 애비도 그래서 일찍이
집을 뛰쳐나와 이렇게 평생을 살았단다
용식아 알았느냐
그러면서
참았던 눈물을 쏟으며
아버지는 그만 통곡하고 말았어요

서문시장 돼지고기 선술집

배창환

고등학교 다닐 때였지.
노가다 도목수 아버지 따라
서문시장 3지구 부근, 지금은 사라지고 없는 할매술집에
갔지.
담벼락에 광목을 치고 나무 의자 몇 개 놓은 선술집
바로 그곳이었지 노가다들이 떼서리로 와서 한잔 걸치
고 가는 곳
대광주리 삶은 돼지 다리에선 하얀 김이 설설 피어올랐고
나는 아버지가 시켜 주신 비곗살 달콤한 돼지고기를 씹
었지.
벌건 국물에 고기 띄운 국밥이 아닌, 살코기로 수북이
한 접시를(!)

껵껵 목이 맥히지도 않고
아버지가 단번에 꿀떡꿀떡 넘기시던 막걸리처럼
맥히지도 않고, 이게 웬 떡이냐 잘도 씹었지.
배 속에서도 퍼뜩 넘기라고 목구녕으로 손가락이 넘어
왔었지.

식구들 다 데리고 올 수 없어서
공부하는 놈이라도 한번 실컷 먹인다고
누이 형제들 다 놔두고 나 혼자만 살짝 불러 먹이셨지.
얼른얼른 식기 전에 많이 묵어라시며
나는 많이 묵었으니까 니나 묵어라시며

스물여섯에 아버지 돌아가시던 날 남몰래 울음 삼켰지.
돼지고기 한 접시 놓고 허겁지겁 먹어 대던 그날
난생처음 아버지와의 그 비밀 잔치 때문에
왜 하필이면 그날 그 일이 떠올랐는지 몰라도
지금도 서문시장 지나기만 하면 그때 그 선술집에 가서
아버지와 돼지고기 한번 실컷 먹고 싶어 눈물이 나지.
그래서 요즘도 돼지고기 한 접시 시켜 놓고 울고 싶어지지.

장독대가 있던 집
권대웅

햇빛이 강아지처럼 뒹굴다 가곤 했다
구름이 항아리 속을 기웃거리다 가곤 했다
죽어서도 할머니를 사랑했던 할아버지
지붕 위에 쑥부쟁이로 피어 피어
적막한 정오의 마당을 내려다보곤 했다
움직이지 않을 것 같으면서도 조금씩 떠나가던 집
빨랫줄에 걸려 있던 구름들이
저의 옷들을 걷어 입고 떠나가고
오후 세 시를 지나
저녁 여섯 시의 골목을 지나
태양이 담벼락에 걸려 있던 햇빛들마저
모두 거두어 가 버린 어스름 저녁
그 집은 어디로 갔을까
지붕은, 굴뚝은, 다락방에 모여 쑥덕거리던 별들과
어머니의 슬픔이 묻은 부엌은
흘러 어느 하늘을 어루만지고 있을까
뒷짐을 지고 할머니가 걸어간 달 속에도
장독대가 있었다

달빛에 그리움들이 발효되어 내려올 때마다
장맛 모두 퍼 가고 남은 빈 장독처럼
웅웅 내 몸의 적막이 울었다

비둘기호

김사인

여섯 살이어야 하는 나는 불안해 식은땀이 흘렀지.
도꾸리는 덥고 목은 따갑고
이가 움직이는지 어깻죽지가 가려웠다.

검표원들이 오고 아버지는 우겼네.
그들이 화를 내자 아버지는 사정했네.
땟국 섞인 땀을 흘리며
언성이 높아질 때마다
나는 오줌이 찔끔 나왔네.
커다란 여섯 살짜리를 사람들은 웃었네.

대전역 출찰구 옆에 벌세워졌네.
해는 저물어 가고
기찻길 쪽에서 매운바람은 오고
억울한 일을 당한 얼굴로
아버지는 지나가는 사람들에게 하소연하는 눈을 보냈네.
섧고 비참해 현기증이 다 났네.

아버지가 사무실로 불려 간 뒤
아버지가 맞는 상상을 하며
찬 시멘트 벽에 기대어 나는 울었네.
발은 시리고 번화한 도회지 불빛이 더 차가웠네.

핼쑥해진 아버지가 내 손을 잡고
어두운 역사를 빠져나갔네.
밤길 오십 리를 더 가야 했지.
아버지는 젊은 서른여덟 막내아들 나는 홑 아홉 살

인생이 그런 것인 줄 그때는 몰랐네.
설 쇠고 올라오던 경부선 상행.

바람의 집 ― 겨울 판화(版畵) 1

기형도

    내 유년 시절 바람이 문풍지를 더듬던 동지의 밤이면 어머니는 내 머리를 당신 무릎에 뉘고 무딘 칼끝으로 시퍼런 무를 깎아 주시곤 하였다. 어머니 무서워요 저 울음소리, 어머니조차 무서워요. 애야, 그것은 네 속에서 울리는 소리란다. 네가 크면 너는 이 겨울을 그리워하기 위해 더 큰 소리로 울어야 한다. 자정 지나 앞마당에 은빛 금속처럼 서리가 깔릴 때까지 어머니는 마른 손으로 종잇장 같은 내 배를 자꾸만 쓸어내렸다. 처마 밑 시래기 한 줌 부스러짐으로 천천히 등을 돌리던 바람의 한숨. 사위어 가는 호롱불 주위로 방 안 가득 풀풀 수십 장 입김이 날리던 밤, 그 작은 소년과 어머니는 지금 어디서 무엇을 할까?

졸업장 — 안동찜닭 생각

이영광

학력고사를 두어 주 앞두고 내가 또 칵 죽고 싶어져
학교 안 가고 술 취해 드러누워 있을 때,
벼 타작하던 아버지가 찜닭을 들고 자취방엘 왔다
삼부자가 그눔의 학교 졸업장 하나 못 받으면 무슨 망신
이냐고,
이거 먹고 내일은 꼭 가라고 맛있는 거라고

살림 잘 들어먹고 공납금 잘 안 주던
이상한 아버지가 보기 싫어서
나는 말없이 그걸 먹으며, 찜닭이 맞나 닭찜이 맞나
소주나 한잔 더 했으면 좋겠네,
생각하고 있었다 공부도 연애도 안되어 그만,
집이고 학교고 뭐고 멀리멀리 탈출해 버리고 싶던
시인 지망생, 하지만 찜닭에 누그러진 열아홉
아버지 경운기 몰고 육십 리 길 돌아가자
포기했던 〈확률·통계〉 단원을 다시 펼쳤다

안동고등학교 일 학년 중퇴생 아버지는 십 년째 고향 앞

산에 누웠고
　이 학년 중퇴생 형과, 그 밤 열심히 찜닭 뜯던
　누이는 민중으로 돌아가
　안동찜닭으로 부산서 먹고들 산다
　닭하고 무슨 원수가 졌는진 몰라도
　개업 축하하러 와 다시 찜닭 앞에 앉고 보니,
　어느덧 삼십 년이 흘렀구나

　안동고등학교 삼십삼 회 졸업생, 졸업장 너무 많아 탈인
나는
　누이가 익혀 낸 찜닭을 먹고는 있지만,
　내가 삼십 년 전 그 밤으로 돌아가 있는 걸 아무도 모를
것이다
　연거푸 소주잔을 비우고는 있지만 여전히
　시도 연애도 안돼 칵 죽고 싶은 오십,
　닭찜이 맞나 찜닭이 맞나 생각 중인 걸 모를 것이다

　뭐가 맞니껴, 물으면 나의 귀신 아버지는 술에 절어

횡설수설할 것이다, 그냥 맛있는 거라고, 학교는 가야 한
다고

어옛든 졸업장은 있어야 한다고

위대한 양파

김상미

아버지의 외박이 일주일째 계속되던 날, 어머니는 양파를 까자고 했다. 양파 중에서도 가장 어리고 독한 것들만 골라 오라고 했다. 나는 광주리 가득 양파를 담아 왔다. 양파를 까면서 우는 건 자연스러운 일이므로 눈물 콧물 흘려 가며 열심히 양파를 깠다. 껍질이 벗겨지면서 드러나는 양파의 눈처럼 희고 예쁜 속살은 언제 봐도 신기했다. 한참 그 미(美)에 빠져 있다 문득 어머니를 올려다보니 어머니도 울고 있었다. 온몸이 울음바다로 변해 있었다. 하지만 그 눈물은 양파 때문이 아니라 일주일째 집을 비운 아버지가 만든 진짜 눈물이었다. 어린 눈에도 그 눈물이 너무나도 아파 나는 못 본 척 숨죽이며 양파만 깠다. 눈물 콧물이 떨어져도 가만히 있었다. 어머니가 왜 우는지, 어머니의 설움이 무엇인지 알기에 꼼짝도 않고 양파만 깠다. 아, 어머니는 저렇듯 남몰래 흘려야 할 눈물이 있을 때, 남몰래 터뜨려야 할 설움이 차오를 때 이렇게 양파를 까며 우신 거구나! 나는 양파가 내심 고마웠다. 어머니는 양파를 까면서 울고 깐 양파를 썰면서도 울었다. 그 때문인지 눈물 젖은 하얀 양파가 프라이팬에서 황갈색으로 익어 가며 내뿜는 향기는 무어라 말할 수 없이 달달하고 먹음직했다. 온 마음이 깨끗해지는 기분이었다. 채소 중의 채소, 양파는 정말 위대했다. 어머니의 아픔을 모조리 눈물로 씻겨 내고는 다시 평심(平心)의 세계로, 다시 우리 어머니로 말끔히 되돌려 놓아 주었다.

나의 가족

김수영

고색이 창연한 우리 집에도
어느덧 물결과 바람이
신선한 기운을 가지고 쏟아져 들어왔다.

이렇게 많은 식구들이
아침이면 눈을 부비고 나가서
저녁에 들어올 때마다
먼지처럼 인색하게 묻혀 가지고 들어온 것

얼마나 장구한 세월이 흘러갔던가
파도처럼 옆으로
혹은 세대를 가리키는 지층의 단면처럼 억세고도 아름
다운 색깔—

누구 한 사람의 입김이 아니라
모든 가족의 입김이 합치어진 것
그것은 저 넓은 문창호의 수많은
틈 사이로 흘러 들어오는 겨울바람보다도 나의 눈을 밝

게 한다

조용하고 늠름한 불빛 아래
가족들이 저마다 떠드는 소리도
귀에 거슬리지 않는 것은
내가 그들에게 전령을 맡긴 탓인가
내가 지금 순한 고개를 숙이고
온 마음을 다하여 즐기고 있는 서책은
위대한 고대 조각의 사진

그렇지만
구차한 나의 머리에
성스러운 향수와 우주의 위대감을 담아 주는 삽시간의
자극을
나의 가족들의 기미 많은 얼굴에 비하여 보아서는 아니
될 것이다

제각각 자기 생각에 빠져 있으면서

그래도 조금이나 부자연한 곳이 없는
이 가족의 조화와 통일을
나는 무엇이라고 불러야 할 것이냐

차라리 위대한 것을 바라지 말았으면
유순한 가족들이 모여서
죄 없는 말을 주고받는
좁아도 좋고 넓어도 좋은 방 안에서
나의 위대의 소재를 생각하고 더듬어 보고 짚어 보지 않
았으면

거칠기 짝이 없는 우리 집안의
한없이 순하고 아득한 바람과 물결—
이것이 사랑이냐
낡아도 좋은 것은 사랑뿐이냐

제3부

너의 옆모습

연애편지

유하

공부는 중국식으로 발음하면
쿵푸입니다
단순한 지식을 배우는 게 아니라
이연걸이가 심신 합일의 경지에서 무공에 정진하듯,
몸과 마음을 함께 연마한다는 뜻이겠지요
공부 시간에, 그것도 국어 시간에
나는 자주 졸았습니다
이를테면, 교과서의 시가
정작 시를 멀리하게 만들던 시절이었죠
물론 졸지 않을 때도 있었어요
옆 학교 여학생이 보낸 편지를 읽던 날이었습니다
연인이란 말을 생각하면
들킨 새처럼 가슴이 떨려요……
나는 그 편지의 행간 행간에 심신의 전부를 다 던져
그녀의 떨림에 감춰진 말들을 읽어 내려 애썼지요
그나마 그 짧은 글 읽기도 선생에게 들켜
조각조각 찢기고 말았지만
그 후로도 눈으로 쫓아가는 독서는

공부 시간의 쏟아지던 졸음처럼 많았지만,
내 지금 학교로부터 멀리 떠나온 눈으로
학교 담장 안의 삶들을 아련히 바라보니
선생의 시선 밖에서, 온 몸과 마음을 다 던져
풋사랑의 편지를 읽던 그 순간이
내 인생의 유일한 쿵푸였어요

옆모습

이혜미

너를 좋아해서
너를 피해 다닌다

내가 겨우 바라보는 건
너의 옆모습

마음은 곁눈질에서 시작되나 봐

반달의 가려진 반쪽을 바라보듯
너의 나머지 표정을 상상해

쳐다봐 줬으면 하다가도
눈 마주치면 화들짝
고개를 돌리지

공책 귀퉁이에 그렸다가 얼른 지우는
너의 옆모습

사랑 그 눈사태

윤제림

침 한번 삼키는 소리가
그리 클 줄이야!

설산(雪山) 무너진다. 도망쳐야겠다.

작은 짐승
신석정

난(蘭)이와 나는
산에서 바다를 바라다보는 것이 좋았다
밤나무
소나무
참나무
느티나무
다문다문 선 사이사이로 바다는 하늘보다 푸르렀다

난이와 나는
작은 짐승처럼 앉아서 바다를 바라다보는 것이 좋았다
짐승같이 말없이 앉아서
바다같이 말없이 앉아서
바다를 바라다보는 것은 기쁜 일이었다

난이와 내가
푸른 바다를 향하고 구름이 자꾸만 놓아가는
붉은 산호와 흰 대리석 층층계를 거닐며
물오리처럼 떠다니는 청자기빛 섬을 어루만질 때

떨리는 심장같이 자지러지게 흩날리는 느티나무 잎새가
난이의 머리칼에 매달리는 것을 나는 보았다

난이와 나는
역시 느티나무 아래에 말없이 앉아서
바다를 바라다보는 순하디 순한 작은 짐승이었다

도주로

심보선

    집을 나서는데, 아이 하나가 담벼락에 낙서를 하고 있다. 나는 옆에 선 채 가만히 지켜보기로 한다. "영철이랑 미영이는 사랑한대요. 씨발놈아, 미영인 내 거다." 아이는 나를 보더니 주뼛거리다가 후다닥 달아난다. 너무 곧잘 달음박질쳐서, 바로 앞에서 점점 작아지는 것 같다.

    유심히 보면 담벼락 아래에는 잘게 부서진 백묵 가루가 수북하다. 아이는 정말 온 힘을 다 주어서 꾹꾹 눌러쓴 것이다. 허리를 굽혀 손가락에 묻혀 본다. 씨발놈아, 미영인 내 거다…… 참 부드러운 증오다.

    가방 속엔 빈 도시락 통이라도 들었는지 소리가 요란하다. 아이는 벌써 모퉁이를 돌아 사라졌지만 아직도 들려온다. 수치심이란 저렇게 오래도록 덜그럭거리는 것일까. 발걸음을 옮기다 나는 문득 본다. 수많은 빛살들이 같은 쪽으로 도망치다가 컴컴한 그림자들로 길바닥에 와르르 넘어지고 있는 것을.

빈자(貧者)

장인수

    고3 교실, 졸업을 하루 앞두고 교실 대청소를 한다. 그동안 고생이 많았어요. 버릴 것은 버리세요. 책상 서랍 속에서, 사물함 속에서 학생들의 뼈와 살이 쏟아져 나온다. 문제집과 교과서를 버린다. 재수할 학생도 몽땅 버린다. 슬리퍼를 버리고 운동복을 버린다. 귀마개를 버리고, 유인물을 버리고, 학용품을 버린다. 멀쩡한 것들도 가차 없이 버린다. 챙길 것은 챙기라고 애원을 해도 학생들은 통쾌하게 버린다. 학생들은 빈자(貧者)가 된다. 무소유가 된다. 공수래공수거가 된다. 드디어 담임도 버린다. 학생들이 가벼워진다.

학교 앞 분식집

조영석

냉장고 야채 칸을 열어 보며
남자가 말했다
몸뚱이가 뭉텅뭉텅 잘려 나가고도
시퍼렇게 살아 있는
오이 당근 무를 뒤적이며
썩은 놈 하나를 꺼내며
멀쩡하던 놈들도
바로 이런 놈 하나 때문에
싹 다 죽어 간다고
곰팡이 핀 냉장고의 배 속에서
멀쩡히 살아 있는 게
더 이상하지 여자는
찬란히 부패한 놈을
싱싱한 죽음들 속에서 구해 냈다
언제까지라도 살아 있을
시체들 속에 묻혀 있던
제대로 썩은 놈 하나를
펄펄 살아 끓는 라면 속으로

풍덩 담갔다.

흑판
정재학

　수업 중 판서를 하다가 갑자기 뭔가 물컹하더니 손이 칠판 속으로 들어가 버렸다. 몸의 절반이 들어갔을 때 "선생님! 새가 유리에 부딪혀 떨어졌어요!"라고 외치는 소리가 들렸다. 뒤돌아보고 싶었으나 몸을 움직일 수 없었고 물에 빠지듯 흑판에 빨려 들어갔다. 칠판 속으로 들어가니 건너편 교실에서 중학교 교복을 입고 앉아 있는 내 모습이 보였다. 나는 짝과 떠들다가 생물 선생님에게 걸려서 철 필통으로 뺨을 맞았다. 맞을 때마다 샤프가 흔들려 덜그럭거렸다. 아이들이 웃었다. 뺨보다 그 쇳소리가 더 아파 왔다. 나는 자리로 돌아가 교문 밖의 고양이를 멍하니 바라보았다. 아이들이 "종속과목강문계!"를 외치는 소리를 들으며 다시 칠판을 건너오자 교실에 아이들은 없고 유리창 여기저기 검붉은 핏자국만 가득하다.

열여섯 살 여름

백무산

책 한 권을 샀다. 동인동 헌책방 골목에서
이백 원을 주고. 『지(知)와 사랑』
제목이 근사해서다.
지은이는 이름만 아는 헤르만 헤세.
나중에 안 일이지만 원제목은
『나르치스와 골드문트』였다.
책을 고르던 여학생들이 수군거렸다.
저런 걸 어떻게 읽나?

내가 읽을 책이 아니었기 때문이었다.
중학생 때 신문 배달을 같이 했던 친구에게
생일 선물로 줄 작정이었다.
진학 못 한 그 녀석은 괴물이었다.
생긴 건 찌질하고 표정은 돌부처 같고
말도 좀 더듬었지만
입 한번 열면 둘러앉은 친구들 입을 다물지 못했다.
그 녀석은 어떤 때는 아버지 농사일로
또 어떤 때는 열차에서 신문을 파느라

또 어떤 때는 문학책에 빠져 학교는 건성으로 다녀도
시험 성적 나오면 선생님도 입이 벌어졌다.
그 녀석이 죽었다. 내 선물 받기도 전에.
왜 죽었는지 나는 모른다.
책을 들고 찾아간 집 앞에서 마주친 그의 아버지가
지게에 똥물을 뚝뚝 떨구며 똥장군을 지고 가다가
"그놈은 보름 전에 죽어뿟다" 그 한마디밖에 듣지 못했다.

나는 그 책을 친구인 양 끼고 다녔다.
그러다가 감히 엄두도 못 내던 그 책을
읽기 시작했다. 학교도 빼먹었다.
가슴이 터질 것만 같았다.

나는 예술적 인간 골드문트가 되고 싶었다.
아니 지적인 인간 나르치스가 되고 싶었다.
아니 골드문트가 아니 나르치스가
아니 나르치스가 아니 골드문트가 되고 싶었다.
그 책은 나를 방랑자로 만들었다.

그리고 나의 방랑은 멈출 줄 몰랐다.
차라리 방랑을 하기로 작정을 했다.
방랑은 흔들리는 것이 아니라,
왼쪽으로 또 오른쪽으로
노를 젓는 것이리라.
항구가 아닌 바다로 향하는 작은 배를 타고.

배꽃 시절

이진명

열일곱일라나, 저 배꽃, 배꽃들
하얗게 미쳐 피었다

나, 열하고 일곱일 때
엄마가 상심한 듯 말했다

옛말에, 미쳐도, 이쁘게 미친다는 말, 있는데
네가, 그 짝인 게, 아니냐

조그만 아니 커단 향낭이 순간 터진 듯
쓰거운 향내가 확 끼쳤다, 심장까지

이상도 하지
나, 그때, 전혀
탈 없는, 하얀 여학생이었으리라, 생각하는데
너무 탈 없는, 그것이 바로 탈이 되어
하얗게, 죽음을 뒤집어쓴, 그림자 같은 거였을라나

배꽃 시절이다
절정이다

미쳐도 이쁘게 미친다는 옛말 같은
자기 엄마가 어둠에 잠겨 떠듬거리는
그런 말의 매 맞지 않고서는
저 비탈에 뒤집어진 열일곱은 없다

영숙이

문성해

나를 거쳐 간 이름 중에는 유독 영숙이가 많다
중학교 때 간질을 앓던
내 의자를 붙들고 안 넘어가려 애를 쓰던 내 짝 영숙이와
고등학교 때 담을 같이 쓰던 이웃집 영숙이와
그 애 집에 놀러갔다 영숙이 몰래 내 머리를 빗겨 주던
그 영숙이 오빠와
결혼해서는 죽어라 일만 하다 어느 날 불쑥 절에 들어간
영숙이와
이즈음은 김포에서 내게로 두 시간이나 차를 타고 와서
는 시를 배우고 가는
혈색이 안 좋은 나더러 사슴 피를 마셔 보라는 사슴 목
장 주인인 영숙이도 있다

영숙이들은
서늘한 눈매와 다부진 입꼬리가 어딘가 닮아 있고
어느 땐가는 이들이 한 인물들 같아
내 과거를 다 안다며 불쑥불쑥 증거를 들이밀 것 같고
나는 앞으로 그 이름 앞에서는 정직해져야만 할 것 같고

한결같아야만 할 것 같고
앞으로 두어 명의 영숙이면 이번 생도 끝물이란 절망에
낯선 이들을 알기조차 꺼려진다

이 밤 영숙이는 또 어떤 이름과 밤을 나누는가
성도 얼굴도 다른 그이들이
몸에 영숙이를 담고 와서
내게 웃음과 주름을 주고 갔음을 생각하는 밤
나는 살아 영숙이와 나눈 끼니 수와
같이 보낸 밤의 수를 헤아려 본다
그리고 먼 은하수 물결처럼 흘러갔을 영숙이들과
이 땅에서 내가 끝내는 못 만나고 갈 수많은 영숙이들도
생각한다

열등생
박용하

상처받는 자들 그들도 달빛을 받는다
그 달빛으로 자신만 알고 있는 나무 곁에 서서
쫓겨난 집과 학교를 바라보고 있는
그 오랜 묵시의 동굴을 따라
지구 반대에서 태양을 건져 올린다

천천히 자신의 이름이 지워질 때까지
천천히 자신의 주소가 소나무 숲일 때까지
어떤 조롱이 그를 더 멀리까지 밤길을 굴리게 한다
어떤 질타가 그를 더 멀리까지 빗방울의 밤들을 꿈 밝히
게 한다

상처받는 자들 그들도 달빛을 받는다
그 달빛으로 새들도 깃들이지 않는 벌판의 헛간에서
죽음을 나열하는 뒤죽박죽의 나뭇잎들을 탓하지 않으며
기억의 먼지들을, 모멸을, 생의 푸른 상처들을
불타는 물로 자존의 복수를 방전(放電)한다
스스로 구름의 안과 밖을 넘나드는 번개일 때까지

얼마나 많은 비의 눈빛들을
저 하늘의 달과 별 속에 풀어 놓은 것일까

난파된 교실

나희덕

아이들은 수학여행 중이었다
교실에서처럼 선실에서도 가만히 앉아 있었다
가만히 있으라, 가만히 있으라,
그 말에 아이들은 시키는 대로 앉아 있었다
컨베이어 벨트에서 조립을 기다리는
나사들처럼 부품들처럼
주황색 구명조끼를 서로 입혀 주며 기다렸다
그것이 자본주의라는 공장의 유니폼이라는 것도 모르고
물로 된 감옥에서 입게 될 수의라는 것도 모르고
아이들은 끝까지 어른들의 말을 기다렸다
움직여라, 움직여라,
누군가 이 말을 해 주었더라면
몇 개의 문과 창문만 열어 주었더라면
그 교실이 거대한 무덤이 되지는 않았을 것이다
아이들은 수학여행 중이었다
파도에 둥둥 떠다니는 이름표와 가방들,
산산조각 난 교실의 부유물들,
아이들에게는 저마다 아름다운 이름이 있었지만

배를 지키려는 자들에게는 한낱 무명의 목숨에 불과했다
그들이 침몰하는 배를 버리고 도망치는 순간까지도
몇 만 원짜리 승객이나 짐짝에 불과했다
아이들에게는 저마다 사랑하는 부모가 있었지만
싸늘한 시신을 안고 오열하는 것 말고는 아무것도 할 수
없었다
햇빛도 닿지 않는 저 깊은 바닥에 잠겨 있으면서도
끝까지 손을 풀지 않았던 아이들,
구명조끼의 끈을 잡고 죽음의 공포를 견뎠던 아이들,
아이들은 수학여행 중이었다
죽음을 배우기 위해 떠난 길이 되고 말았다

지금도 교실에 갇힌 아이들이 있다
책상 밑에 의자 밑에 끼여 빠져나오지 못하는 다리와
유리창을 탕, 탕, 두드리는 손들,
그 유리창을 깰 도끼는 누구의 손에 들려 있는가

| 제4부 |

나무는 몰랐다

나무

이성선

나무는 몰랐다
자신이 나무인 줄을
더욱 자기가
하늘의 우주의
아름다운 악기라는 것을
그러나 늦은 가을날
잎이 다 떨어지고
알몸으로 남은 어느 날
그는 보았다
고인 빗물에 비치는
제 모습을
떨고 있는 사람 하나
가지가 모두 현이 되어
온종일 그렇게 조용히
하늘 아래
울고 있는 자신을

자연

신대철

1

산기슭에 몰린 안개 더미가 잔잔히 밀린다. 안개 더미는 잠시 얇게 풀어지면서 산소년의 뛰는 모습을 이루더니 소년을 홀로 산꼭대기에 남겨 두고 사라진다.

2

산꼭대기에 걸려 출렁거리는 무지개 위에 맨발로 서서 건넛산을 향해 외치는 소년의 들뜬 목소릴 듣고
저도 모르게 대답하다
툭 꽃망울이 터진 노루발풀

해가 타오른다, 산 3시

풀잎 꿈속에 꼬부려 누워 소년은 잠이 들고 이글이글이글 풀잎 꿈속에서 소년의 꿈속으로 불덩이가 넘어간다.

새들이 나를 나무로 볼 때
박형권

　내가 한 소년이었을 때, 동네 뒷산에 올라가 참꽃을 꺾으며 휘휘 분 휘파람 소리에 박새가 날아왔다 내 휘파람 소리에 새들이 알아듣는 자음과 모음이 섞여 있었던지 새들이 들으러 왔다 내가 새들의 허수아비였던지 새들이 내 옆에서 안심하였다 내가 새들의 우체통이었던지 새들이 사연을 맡기고 갔다 나는 새들의 속기사처럼 새들의 노래를 받아 적었다 내 안에 어떤 부호가 있어서 새들이 나를 보고파 하는지 알려고 하지 않았다 그때는 가만히 있는 것만으로도 내가 세상을 위해 뭔가를 하고 있는 것이었다 그러다가 언제부터인가 새들과 나는 멀리서 멀뚱멀뚱 쳐다보는 사이가 되었다

　아무것도 자랑할 것이 없는 아비가 되어 서울 중랑천 옆으로 이사 온 뒤에 나와 전혀 소통이 되지 않는 아들을 데리고 중랑천 둑길을 걸었다 기분이 좋아 나도 모르게 휘파람을 불었다 그때 오목눈이 떼가 우리를 지나갔다 머리에 앉아서 이마를 톡톡 쪼아 보고 진주 같은 똥도 떨어뜨렸다 내 어깨에 삭정이를 물고 와서 집을 지으려는 놈도 있었다

새들이 갑자기 나를 나무로 보아 주기 시작했다 아무것도
하지 않았다 아무것도 하지 않는 것이 돕는 길이었다 단지
팔을 벌려 새들이 앉을 자리를 만들었다 아, 그때부터 아
들이 나에게 말을 걸기 시작했다 내 귀가 뚫려 아들의 말
이 들리기 시작했다 새들이 나를 나무로 볼 때에 이르러서
야 한 아이의 겨드랑이에서 날개가 돋았다

어제오늘 휘영청 고욤나무로 서 있었더니 날개가 날개
를 데리고 와서 감도 아닌 것을 달게 맛보고 갔다

일곱 개의 단어로 된 사전

진은영

봄, 놀라서 뒷걸음질 치다
맨발로 푸른 뱀의 머리를 밟다

슬픔
물에 불은 나무토막, 그 위로 또 비가 내린다

자본주의
형형색색의 어둠 혹은
바다 밑으로 뚫린 백만 킬로의 컴컴한 터널
— 여길 어떻게 혼자 걸어서 지나가?

문학
길을 잃고 흉가에서 잠들 때
멀리서 백열전구처럼 반짝이는 개구리 울음

시인의 독백
"어둠 속에 이 소리마저 없다면"
부서진 피리로 벽을 탕탕 치면서

혁명
눈 감을 때만 보이는 별들의 회오리
가로등 밑에서는 투명하게 보이는 잎맥의 길

시, 일부러 뜯어 본 주소 불명의 아름다운 편지
너는 그곳에 살지 않는다

첫 수업
최민

일곱 살 때 나는
가마니 속의 죽음을 보았다 지푸라기에
스며 있는 피 머리끝에서
잉잉대는 증오의 노래를 들었다

한겨울 피난 학교 천막 교실
줄지어 김 나는 우유죽을 기다릴 때
하늘 꼭대기에서
흰 새 떼들처럼
삐라들이 떨어져 내렸다

몹시 배가 고팠지만
굶어 죽는 짐승은 꿈속에서도 만나 보지 못했다
사변 전 나는
사과 상자 속에 숨은 왕자였고
열다섯 살 먹은 식모애가 내 아내였다
그러다가 죽음이 파편 조각이 되어
손바닥 위에 놓여 있는 걸 보았다

섬의 추수가 끝났어도
소풍 갈 데가 없었다 누우런 들판 사방에
허리 굽혀 이삭 줍는 그림자들이 깔려 있었다
새벽마다 또 애기를 밴 어머니는 동생을 업은 채
예배당에서 숨이 차서 돌아오고
나는 아버지의 얼굴을 쳐다보지 않았다

개펄을 바라보았다
겨울 거제도의 거무튀튀한 개펄
귀신같이 바람 부는 저녁 바다
나는 혼자였다

아메리카 타운 7 — 땅뺏기와 깡통 차기
강형철

가마니에 담긴 고구마를 꺼내
북북 문질러 씹어 먹어도
하얀 눈은 소복이 쌓여
한겨울 밤은 아름다웠다
사는 것이 어수선할수록
사람들은 건강한 욕을 주고받으며
밤새 동치밋국을 들이마셨다

밤이 지나면서
놈들이 왔다
넝쿨을 잡아댕기면 선홍색 고구마가 솟아 나오던 흙고
랑도
일부러 넘어지며 쓰러져 훔쳐 먹던 오이밭도
한꺼번에 불도저로
밀어 버렸다
몇몇의 이웃은 비행장의 개보초를 서러 가고
맥주 깡통과 콜라 깡통이 흔해지고 있었다
때깔 곱던 이웃집 누이가 화장을 시작하고

양공주란 말이 동네 어귀를 배회하고 있었다
우리는 깡통 속에 돌멩이를 넣어
깡통 차기나 했고
이따금 양놈집에 돌멩이를 던져
유리창이나 몇 장 깨고 도망쳤지만
아직 우리는 몰랐다
땅뺏기 놀이의 한 뼘 안에 우리 모두가 갇혀 있다는 것을
깡통만 차고 있다는 것을

팔복(八福)
김승희

의심하지 않는 사람은 복이 있나니
의심하지 않는 사람은 복이 있나니
의심하지 않는 사람은 복이 있나니
의심하지 않는 사람은 복이 있나니

땅의 나라가 저의 것이요

당연을 따르는 사람은 복이 있나니
당연을 따르는 사람은 복이 있나니
당연을 따르는 사람은 복이 있나니
당연을 따르는 사람은 복이 있나니

토끼장의 평화가 저의 것이라

조연

한영수

돌 하나가 날아왔다 무엇을 바로 보자는 걸까

왼손 안에 꼭 쥐어졌고 그만한 정도의 침묵이 심장을 눌렀다

처음에는 영화나 보자는 것이었다 장발장으로 오래 익숙한 이야기였다

조명이 밝아지고 해피 엔딩에 안심해야 하는데
에포닌 생각이 생각을 키웠다 바리케이드 아래 핏물이
흐르고 갈 곳을 버린 노래가 주위를 맴돌았다

고흐보다는 동생 테오가 마리아보다는 부엌데기 마르다
가 말하자면 진열대 뒷줄에서 시들어 가는 시들의 무수한
시간이
돌무지처럼 서로를 괸 심장에

붉은 돌이 앉았다 말로는 다 못 하겠다는 말을 들고

시골 소년이 부른 노래
최서해

나는 봄이면은 아버지 따라
소 끌고 괭이 메고
저 종달새 우는
들로 나갑니다.

아버지는 갈고
나는 파고—
둥그런 달님이
저 산 위에 솟을 제
시내에 발 씻고
집으로 돌아옵니다.

어머니가 지어 놓으신
따뜻한 조밥
누이동생 끓여 놓은
구수한 된장찌개에
온 식구는 배를 불립니다.
고양이 개까지……

여름이면은 아버지 따라
호미 메고 낫 들고
저 불볕이 뜨거운
밭으로 갑니다.

아버지는 풀을 매고
나는 가라지 뽑고—
한낮 몹시 뜨거운 때면

누이동생 갖다주는
단 감주에 목 축이고
버들 그늘 냇가에서
고기도 낚습니다.

석양이면은 돌아올 때
소 먹일 꼴 한 짐
잔뜩 베어 지고 옵니다.

저녁에는
어머니가 짜서 지은
시원한 베옷 입고
온 식구 모깃불가에
모여 앉아
농사 이야기에
밤 가는 줄 모릅니다.
이러하는 새에
앞산에 단풍이 들지요.
들에는 황금물결이
넘쳐흐릅니다.
아버지의 늙은 낯은
웃음에 붉고
어머니는 술 빚기에
분주합니다.
누이동생 나까지도
두루두루 기쁩니다.

머리 드린 장한 벼를
말끔 베어 치워 놓으면
누런 벼알이
많기도 많습니다.
그러나
땅 임자에게 몇 바리 실리면은
오오, 우리는 또 도로
조밥을 먹게 됩니다.

일 년 내 흘린 피땀
거름 삼아 지은 벼는
도리어 사 먹게 되지요.
그리고 눈발이 흩날릴 때
어머니는 무명 매고
아버지는 신 삼고
누이동생 밥 짓고
나는 나무하고……

이리하여
아버지도 늙고
어머니도 늙고
누이동생 시집가고
나는 장가 못 들고……

아아 이것이
봄부터 겨울까지
겨울로 봄 또 겨울
내가 하는 일입니다.

들독

이시영

동구 밖 정자나무 밑에는 동글동글한 소년 들독과 어른 들독이 함께 살았습니다. 식전 아침 쇠꼴을 베러 나가는 소년들이나 저녁 무렵 들일을 마치고 돌아오는 어른들이 으라차차 기분 좋게 들어 올리던 그 들독들은 사람 때가 반질반질 묻어 새까맣게 윤이 나는 데다 코가 뭉툭한 게 영락없이 사람 표정을 하고 있어 여간 정겨운 게 아니었습니다. 그 옛날 마을이 생길 무렵 어느 어른이 뒷산에서 캐어 왔다는 그것은 원래 두레꾼의 가입 자격을 시험하기 위해 거기 놓였다는데 소년 두레꾼이 되기 위해서는 소년 석을, 어른 두레꾼이 되기 위해서는 어른 석을 어깨 너머로 넘겨야 했다고 합니다. 그 옛날 마을이 은성했던 시절, 백중날이면 달빛 그늘 아래서 더운 가슴을 드러내고 힘자랑을 하던 소년들과 껄껄 웃던 큰 팔의 어른들로 정자나무 밑은 기운이 넘쳐 났습니다. 그 모진 사라호에도 살아남아 늙은 팽나무와 함께 마을의 모든 영욕을 지켜보았을 들독들, 매끄름하던 소년 석의 얼굴도 이젠 나처럼 주름이 많이 졌습니다.

자아의 연금술, 성장시를 찾아서

어렸을 때 나는 내가 새인 줄 알았다. 아무 데서나 노래가 흘러나왔으니까. 학교에서도 집에서도 들판에서도 저절로 여울처럼 출렁거리곤 했으니까. 그때 나는 소유한 것도 없었고 특별한 지적 능력도 없었지만 풀잎에 맺힌 물방울과 눈을 맞출 줄 알았고 노을의 아름다움과 쓸쓸함 앞에 지긋이 멈춰 설 줄 알았다.

자신을 둘러싼 세계에 섬세하게 반응하던 그때의 나는 지금의 나보다 더 자유인에 가깝지 않았을까. 그 고귀한 감각을 잃어버린 때는 아마도 사회로의 입문 과정을 충실히 밟고 있던 청소년 시절이었던 것 같다. 그때 나는 노래와 이야기를 잃어버렸다. 도시의 복잡한 제도와 학교에서의 숱한 기호들 그리고 성인으로서 살기 위한 준비물들을 폭식하듯 흡입하면서 이내

소화 불량 같은 우울증이 찾아왔다. 근대 올림픽 표어처럼 '더 높게, 더 빠르게, 더 멀리'를 부추기는 교육 현장의 경쟁 구도 속에서 나는 곧 실패를 맛보았으며 낙오자가 될지도 모른다는 불안감에 끝도 없이 시달려야 했다.

노래와 이야기를 잃어버린 소년이 그것들을 회복하기 위해 독서에 매달린 것은 필연이었다. 나는 독서를 통해 잃어버린 세계를 애도함으로써 자연스럽게 과거로부터 자유로워졌으며 새로운 정체성을 향해 나아갈 수 있었다.

영혼의 변형, 요컨대 자아의 연금술이 이루어지던 그 시절 내 도서 목록에 이야기만 있었던 것은 아니다. 그저 마음속에 흐릿하게 맴돌던 갈망을 그린 시를 접하며 나는 내면에 웅크리고 있던 무언가가 땅거죽을 밀고 올라오는 씨앗처럼 조금씩 꿈틀거리는 것을 느꼈다.

모든 시인들은 일찍이 잃어버린 세계에 대한 강력한 향수와 부정적 현실에 대한 자각 속에서 시를 쓴다. 그러기에 시는 자서전일 수밖에 없으며 고백과 성찰을 축으로 한 성장의 드라마인 경우가 많다. 그럼에도 우리 문학에 성장 소설은 있어도 '성장 시'는 없다. 이상하지 않은가? '성장 시'라는 틀로 시를 조명할 때 우리의 성장 문학이 가진 장르 불균형을 조금은 해소할 수 있을 뿐 아니라 소설과는 다른 시적 성장통과의 만남을 통해 보다 더 정서적이고도 다채롭게 내면을 탐색할 수 있을 텐데 말이다.

어쩌면 너무도 당연해서 '성장 시'라 명명되지 않은 시들을 '성장통'을 근거로 묶을 생각을 한 것은 세월호의 비극이 있고 난 뒤다. 세월호 침몰 장면을 본 다음 날 한 고등학교에 특강을 갈 일이 있었다. 그날 강의를 망치고 교문을 나서면서 다짐했다. 이다음에는 청소년 시집을 내겠다고. 그리고 다시 다짐했다. 한때 청소년이었던 시인들이 성인이 되기 위한 통과의례를 거치면서 겪은 아픔이 어떻게 꽃으로 피어나는지를 그린 시들을 모아 청소년들에게 선물하겠다고. 몇 년 뒤 나는 첫 번째 약속을 지켰다. 그리고 다시, 이 시집을 묶게 되었다.

이 시집을 엮으며 나는 내 내면의 바다에 한 아이가 가라앉아 있음을 알게 되었다. 어른이 되기 위해 가만히 있으라고 명령하곤 까맣게 잊어버린……. 그 아이는 호기심이 많아서 질문의 왕으로 통하였으나 어찌된 영문인지 상급 학교에 진학하면서 점점 입을 닫고 침묵하게 된 아이였다. 그 아이는 삶이 무엇인지, 인간은 왜 죽는지와 같은 비실용적인 고민들로 밤을 새우길 좋아하였으나 그것이 현실적으로 아무런 쓸모가 없는 생각들이라는 것을 알게 된 뒤 우울증을 앓게 된 아이였다. 그 아이는 무엇보다 여리고 아프고 그늘진 것들과 함께 놀길 좋아하였으나 아웃사이더가 되지 않기 위해 언젠가부터 마음의 문을 닫고 무뚝뚝해져 버린 아이였다. 이 선집을 준비하는 과정은 내 내면의 바다에 가라앉은 배를 견인하는 작업이기도 했고, 오래전에 잊어버린 아이를 잠수부처럼 부둥켜안은 시인들의 시편들을 마주하면서 일그러진 나를 성찰하는 시간이기도 했다.

육백여 편 넘는 1차 자료를 수집하는 데 도움을 주신 독자들과 습작하는 학생들에게 고마움을 전한다. 학교 현장과 보다 실감 나게 만날 수 있도록 학생들과 함께 독회를 열고 모니터링을 해 주신 선생님들의 도움을 잊을 수 없다. 이 가운데 자연스럽게 '나, 가족, 학교, 사회와 자연'으로 부 나눔이 이뤄졌다. 가능한 한 시인들의 직간접적인 성장통이 드러나는 작품들과 성장 화자의 목소리가 비교적 또렷한 작품들로 그 외연을 축소하였다는 점을 따로 밝혀 둔다. 여기서 많은 시편들이 제외되었다. 외연을 지나치게 확장할 경우, '과연 '성장 시' 아닌 것이 어디 있는가?' 하는 곤혹스러운 질문을 피할 수 없을 것 같았기 때문이다. 이 선집을 부식토로 외국 시나 '청소년시'까지 폭넓게 살피는 밝은 눈들이 뒤미처 있기를 기대해 본다.

엮은이를 대표하여 손택수 씀

작품 출처

강성은 「채광」,『Lo-fi』, 문학과지성사, 2018

강연호 「옛날에 나는 나무에 스치는 바람 소리를 들었네」,
『잘못 든 길이 지도를 만든다』, 문학세계사, 1995

강우식 「어머니의 물감 상자」,『어머니의 물감 상자』, 창비, 1995

강형철 「아메리카 타운 7 — 땅뺏기와 깡통 차기」,『해망동 일기』,
모아드림, 1999

곽재구 「고교 1학년」,『푸른 용과 강과 착한 물고기들의 노래』, 문학동네, 2019

권대웅 「장독대가 있던 집」,『조금 쓸쓸했던 생의 한때』, 문학동네, 2003

기형도 「바람의 집 — 겨울 판화 1」,『입 속의 검은 잎』, 문학과지성사, 1994

김규동 「너 갈 데로 가거라」,『사람의 문학 제51호』, 문예미학사, 2006

김금래 「폭포」,『꽃피는 보푸라기』, 한겨레아이들, 2016

김기림 「길」,『바다와 나비』, 시인생각, 2013

김명인 「머나먼 곳 스와니 1」,『머나먼 곳 스와니』, 문학과지성사, 1988

김사인 「비둘기호」,『어린 당나귀 곁에서』, 창비, 2015

김상미 「위대한 양파」,『우린 아무 관계도 아니에요』, 문학동네, 2017

김수영 「나의 가족」,『김수영 전집 1 시』, 민음사, 2003

김승희 「팔복」,『세상에서 가장 무거운 싸움』, 세계사, 1995

김준태 「감꽃」,『참깨를 털면서』, 창비, 1996

나희덕 「난파된 교실」,『파일명 서정시』, 창비, 2018

문성해 「영숙이」,『밥이나 한번 먹자고 할 때』, 문학동네, 2016

박용하 「열등생」,『나무들은 폭포처럼 타오른다』, 세계사, 1995

박형권 「새들이 나를 나무로 볼 때」,『우두커니』, 실천문학, 2009

배창환 「서문시장 돼지고기 선술집」,『흔들림에 대한 작은 생각』, 창비, 2000

백무산 「열여섯 살 여름」,『푸른사상 제26호』, 푸른사상사, 2018

신대철 「자연」,『무인도를 위하여』, 문학과지성사, 1977

신미나 「연」,『싱고,라고 불렀다』, 창비, 2014

신석정 「작은 짐승」,『슬픈 목가』, 남주문화사, 1947

심보선 「도주로」,『슬픔이 없는 십오 초』, 문학과지성사, 2008

안현미 「기차표 운동화」,『곰곰』, 걷는사람, 2018

오 은 「이력서」,『우리는 분위기를 사랑해』, 문학동네, 2013

유 하 「연애편지」,『나의 사랑은 나비처럼 가벼웠다』, 열림원, 1999

윤제림 「사랑 그 눈사태」,『그는 걸어서 온다』, 문학동네, 2012

이상국 「자두」,『달은 아직 그 달이다』, 창비, 2016

이성선 「나무」,『물방울 우주』, 황금북, 2002

이수익 「다락방」,『침묵의 여울』, 황금알, 2016

이시영 「들독」,『바다 호수』, 문학동네, 2004

이영광 「졸업장 — 안동찜닭 생각」,『끝없는 사람』, 문학과지성사, 2018

이진명 「배꽃 시절」,『단 한 사람』, 열림원, 2004

이혜미 「옆모습」,『처음엔 뻐딱하게』, 창비교육, 2018

이홍섭 「사춘기」,『터미널』, 문학동네, 2011

임솔아 「모래」,『괴괴한 날씨와 착한 사람들』, 문학과지성사, 2017

장인수 「빈자」,『유리창』, 문학세계사, 2006

정재학 「흑판」,『모음들이 쏟아진다』, 창비, 2014

정호승 「마음의 똥」,『외로우니까 사람이다』, 창비, 2021

조영석 「학교 앞 분식집」,『토이 크레인』, 문학동네, 2013

진은영 「일곱 개의 단어로 된 사전」,『일곱 개의 단어로 된 사전』, 문학과지성사, 2014

최 민 「첫 수업」,『상실』, 문학동네, 2006

최서해 「시골 소년이 부른 노래」,『최서해 작품 자료집』, 국학자료원, 1997

한영수 「조연」,『꽃의 좌표』, 현대시학사, 2015

함기석 「축구 소년」,『국어 선생은 달팽이』, 걷는사람, 2019

이 책을 엮는 데 도움을 주신 선생님들

고수미	대구 경북기계공업고등학교
권지윤	경기 광주 경화여자고등학교
김다영	대구 와룡고등학교
김도연	인천신현고등학교
김미현	경기 성남고등학교
김상운	강원 춘천 유봉여자중학교
김성환	충북 청주 충북대학교사범대학부설고등학교
김정관	서울 경신고등학교
김정현	경기 오산 운암중학교
김종욱	전북 전주여자고등학교
민지훈	서울 대일외국어고등학교
민호기	대구동부고등학교
박진숙	강원 원주 북원여자중학교
박진희	인천 산곡여자중학교
박현숙	전북 익산부송중학교
서허왕	전북 서영여자고등학교
설정현	서울 재현고등학교
송경영	서울 동작중학교
여현숙	경기 고양 원당중학교
유윤곤	경기 포천 동남중학교
유창재	전북 전주 양현고등학교
윤수란	서울 창덕여자중학교
이경숙	강원 원주 버들중학교
이미진	서울 신수중학교
이영신	전남 여수 화양중학교
이은경	서울문화고등학교
이은희	강원 홍천중학교

이제창	대구 영남공업고등학교
이지현	서울 효문고등학교
이현진	서울 대영고등학교
장인혁	광주 국제고등학교
전은경	제주 오름중학교
정경오	광주대동고등학교
정나라	서울 대진여자고등학교
정수진	서울 공항중학교
정애리	서울 누원고등학교
조수지	전남 영암 삼호중학교
조숙희	대전 동방고등학교
지은정	서울 대일외국어고등학교
최수종	서울 성심여자중학교
최영미	울산여자고등학교
최영숙	강원 춘천중학교
최은영	경기 하남 미사강변고등학교
최일지	강원 춘천 봉의중학교
최종택	경기 군포고등학교
한영욱	충북 청주 수곡중학교
현종헌	경기 성남 성보경영고등학교
황지웅	대구 영송여자고등학교

창비청소년시선 20

나를 키우는 시 2
날개가 돋는 찰나

초판 1쇄 발행 • 2019년 9월 5일
초판 4쇄 발행 • 2022년 1월 11일
개정판 1쇄 발행 • 2023년 2월 24일
개정판 2쇄 발행 • 2023년 7월 17일

엮은이 • 손택수 김태현 한명숙
펴낸이 • 강일우
편집 • 황수정 한아름
펴낸곳 • (주)창비교육
등록 • 2014년 6월 20일 제2014-000183호
주소 • 04004 서울특별시 마포구 월드컵로12길 7
전화 • 1833-7247
팩스 • 영업 070-4838-4938 / 편집 02-6949-0953
홈페이지 • www.changbiedu.com
전자우편 • contents@changbi.com

ⓒ (주)창비교육 2023
ISBN 979-11-6570-203-8 44810